Apologues orientaux

Le visir Sourdin
et la reine Zaraïne.
apologue oriental.
1764.

APOLOGUES ORIENTAUX.

d'Amed-Ben-Mohamed. Par Sauvigni. Paris, Duchesne, 1764.

LIVRE PREMIER.

APOLOGUE PREMIER, EN FORME D'INTRODUCTION.

AMED BEN MOHAMED à ſa Femme.

DEJA la jeune Avant-couriere du jour, d'un vol imperceptible, s'éleve de la profondeur des ténèbres, & vient ſe repoſer ſur la cime du mont Atlas.

De la couronne qui brille ſur ſon front partent des rayons doux & inſinuans, qui ſemblent pouſſer devant eux, les ombres incertaines de la nuit.

O Terre, tu lui ſouris. Oiſeaux, vous la ſàluez. C'eſt toi qui l'annonces à tous les Etres, tendre Roſée du matin; tu deſcends pour hâter le reveil de la Nature.

O ma Bien-aimée ! ſens-tu qu'elle vient humecter tes paupieres ? ſens-tu qu'elle répand, ſur tous tes charmes, une fraîcheur qui les embellit ?

De quelles couleurs vives & brillantes elle peint tout ce qui nous environne ! vois comme elle forme, ſur ces tapis de verdure & dans ces lointains fleuris, mille diamans étincelans !

Roſes purpurines, rendez-lui hommage de votre éclat ; & vous, verds Orangers, c'eſt à ſon ſuc nourriſſant que vous devez la ſaveur délicieuſe de vos pommes dorées.

C'eſt ainſi que, paré des couleurs brillantes de l'Allégorie, l'Apologue attire nos regards, ouvre nos cœurs, s'y inſinue & y verſe l'amour de la vertu, qui fait naître les fleurs de l'enjouement & les fruits de la ſageſſe.

Chère Moitié de moi-même! que ces paroles ſoient pour toi, comme un miel pur & bienfaiſant: que cette vérité ſe grave dans ton ame, comme ton image eſt gravée dans mon cœur.

Le Père immortel de tous les Etres a verſé ſur notre couche nuptiale la roſée de ſes faveurs; il nous donne une famille nombreuſe: ſongeons que nos enfans ne nous doivent encore que la vie.

C'eſt au doux aliment que ton ſein leur prodigua, qu'ils doivent la conſtitution ſaine &

vigoureuſe dont ils jouiſſent: fais pour l'eſprit, ce que tu as fait pour le corps.

Communique - leur, chère Epouſe, tous les tréſors de ton ame; offre-leur un lait nouveau, qui puiſſe rendre leurs cœurs auſſi purs que le tien.

Inſpire-leur ſur-tout cette confiance affectueuſe, que tu ſçais ſi bien faire éprouver; en t'aimant, ils voudront t'imiter; ils iront à la ſageſſe, en ne croyant aller qu'au plaiſir.

Tandis qu'ils ne forment encore qu'avec peine des pas mal aſſurés, qui peut, mieux que leur Mère, les conduire par la main, dans le ſentier épineux des vertus?

Si la ronce cruelle s'attache à leurs pieds délicats, qui peut mieux compatir à leur foibleſſe, eſſuyer leurs pleurs, & appliquer à leurs maux le baume des conſolations?

Les fictions de l'Apologue les effaroucheroient dans ma bouche, elles les enchanteront dans la tienne ; la tienne qui, sur leurs levres, a cueilli les premiers baisers.

Tes graces naïves, le tour insinuant de ton esprit, le charme intéressant de ta voix, te vont faire écouter avec transport, avec volupté.

Je les vois déja s'empresser autour de toi ; je vois la douce persuasion couler de tes levres, & le plaisir de t'entendre, devenir un besoin pour eux. *

Heureux Enfans, vous vous faites, de la vertu, une douce habitude : un autel est pour vous le trône de Dieu, & le trône des Rois est pour vous un autel.

La Terre qui vous admire, bénit le Ciel de vous avoir fait naître ; elle vous compte au rang des Sages, & grave vos noms cé-

* Menage leur faiblesse en leur presentant la verité. Que les fictions de l'apologue soient le feuillage qui tempere l'ardeur de ses raions. page 230.

lébres dans les Archives des temps.

Et, quand le cri lugubre de la Mort viendra frapper vos oreilles, loin de vous effrayer comme le Coupable, loin de vous désespérer comme l'Impie :

Vous éleverez vos mains innocentes vers le Dieu des Justes, & vous passerez de la vie à la mort, comme on passe du sommeil à la vie.

APOLOGUE III.

Le pouvoir de la Religion.

LE Kalife Huſſain (*a*), fils du grand Ali, étoit à table; un de ſes Eſclaves laiſſe tomber un plat de

(*a*) Huſſain, cinquieme Kalife des Muſulmans, ſuccéda à ſon pere Ali, qui avoit épouſé la fille de Mahomet; il fut ainſi que ſon Pere, un modele de Sageſſe & de Vertu.

Qu'un homme de la lie du Peuple, après avoir épouſé une femme dont il a été le valet, lui ait fait accroire qu'il étoit inſpiré; j'en ſuis médiocrement ſurpris: mais que, ne ſçachant ni lire, ni écrire, il ait compté au nombre de ſes premiers Diſciples, Ali, l'homme le plus vertueux & le plus éclairé de ſon temps; qu'ignorant les premiers élémens de l'Art Militaire, il ait fait marcher, ſous ſes drapeaux, le plus grand Capitaine des Arabes, le fameux Omar dont la vertu égaloit la valeur; c'eſt une choſe que j'ai peine à concevoir.... A chaque pas que l'on fait dans l'Hiſtoire, on voit la force opprimer la foibleſſe, & plier les genoux devant la fourberie.

riz bouillant ſur ſa tête : Huſſain jette ſur l'Eſclave un regard ſévere ; celui-ci, tout tremblant, ſe proſterne devant lui, & dit ces paroles tirées du ſublime Alcoran :

Le Paradis eſt fait pour ceux qui retiennent & domptent leur colere.

HUSSAIN *froidement.*

Je ne ſuis point en colere.

L'ESCLAVE *continuant le Verſet.*

Et qui pardonnent à ceux qui les ont offenſés.

HUSSAIN *ſans le regarder.*

Je te pardonne.

L'ESCLAVE *continuant le Verſet.*

Et Dieu chérit par-deſſus tous, ceux qui font le bien pour le mal.

HUSSAIN *lui tendant la main avec bonté.*

Eh bien ! leve-toi : je te donne la liberté & quatre cents dragmes d'argent.

A ces mots, l'Efclave rendit mille actions de graces à ce vertueux Kalife.

O mon Prince, s'écria-t-il après ! vous imitez l'Arbre chargé de feuilles & de fruits ; il prête fon ombre, il donne fes fruits à celui-là même dont le bras audacieux lance des pierres contre lui.

Apologue VII.

Le disciple qui veut surpasser son maître.

Abdalla, l'homme le plus savant de son siècle et le plus laborieux, attribuait sa science à l'eau du puits de la Mecque qu'il buvait avec une très grande dévotion. Un de ses disciples croyant faire mieux que lui, renonça aux livres et ne s'occupa qu'à boire l'eau du puits sacré ; il voulait devenir savant, il devint hydropique*.

* Tumor non magnitudo, dit un Perse d'un savant bouffi d'orgueil.

APOLOGUE XIV.

L'Homme d'Europe, & la Femme Sauvage.

UN homme d'Europe s'applaudiſſoit d'avoir converti à ſa Religion une femme Sauvage. Il l'offroit pour modèle à tous les Néophites.

Un jour cet homme d'Europe dit à la femme Sauvage qui venoit de perdre ſon époux : pourquoi brûlez-vous le corps de votre époux ? Elle lui répondit en ces termes : le pere de mon mari étoit un Lièvre*, lequel dit un jour à ſa femme, je ne trouverois pas bon que mes enfans étant parens de la neige, dont l'origine eſt céleſte, fuſſent mis en terre : ſi jamais on va contre mes inten-

* ce grand Lièvre est le dieu que reconnaissent certains peuples sauvages du Canada. Voiez l'hist. du Canada.

tions, je prie la neige de tomber en ſi grande abondance, que cette année-là il n'y ait pas de Printems.

Cette femme accordoit enſemble les rêveries de ſes Peres & ſa Religion. Inſenſés que nous ſommes, combien dans notre eſprit uniſſons-nous de choſes plus contradictoires encore !

APOLOGUE XVII.

Sourdin & Zaraïne.

SOURDIN, Grand-Visir de la Reine Zaraïne, avant qu'elle arrivât au Conseil, disoit en lui-même : je ne veux point que le Prince Rosey soit notre Roi. Il ne me convient point, & mon choix est tombé sur un autre. Oui, mon petit Seigneur, je dirai tant de mal de vous, que la Reine Zaraïne, toute coquette & toute capricieuse qu'elle est, ne vous voudra ni pour amant, ni même pour époux. Aussi-tôt qu'il fut en présence de [illegible] Majesté :

Grande Reine, lui dit-il, le Prince Rosey, dont vous m'avez ordonné de vous entretenir, est Souverain d'un bon pays qu'il s'efforce de rendre mauvais. Il prétend descendre de la Lune en ligne directe ; ce qui le rend très-vain. Il se croit obligé d'être plus magnifique qu'un autre Prince ; ce qui le ruine : en un mot, il n'est bon que pour donner des loix dans un Serrail, présider à la Toilette & à la Table, & juger des modes & des ragoûts.

ZARAINE, *l'interrompant.*

Vous ne me dites rien de sa personne. Est-ce un beau Prince ?

SOURDIN.

Vous allez en juger, Madame ; c'est un homme de trente ans, qui a vécu de bonne heure. Il est d'une taille un peu au-dessous de la médiocre, extrêmement fluet ; le tems qu'il devroit employer à régir ses États, il le passe devant son miroir, à se barbouiller de blanc & de rouge, à se noircir les sourcils & s'arracher la barbe.

ZARAINE.

Il a raiſon, je ne connois rien au monde de ſi inutile, de ſi laid, de ſi hideux que cette vilaine barbe rude, qui ne ſert qu'à vous incommoder & qu'à nous piquer les joues quand on nous embraſſe. Le Prince Roſey eſt préciſément comme un joli homme doit être. Qu'on doit aimer un mari comme le Prince Roſey! Il a ſûrement des graces, de la phyſionomie? donne-t-il beaucoup de fêtes? aime-t-il la danſe, le jeu?

SOURDIN.

Le jeu? .... trop, Madame, pour le bien de l'État: ſes malheureux Sujets....

ZARAINE, *l'interrompant.*

Ah! c'eſt un Prince accompli.

SOURDIN.

Mais, Madame, ſongez-donc

que c'eſt, (permettez-moi le terme,) le plus grand fat....

ZARAINE.

Bon : il en eſt plus aimé.

SOURDIN.

Le plus indiſcret....

ZARAINE.

Tant mieux; je hais les aventures ſecrettes.

SOURDIN.

Et même le plus inconſtant....

ZARAINE.

Le plus inconſtant? à merveille. Il eſt inconſtant ; c'eſt que les femmes ſe l'arrachent : c'eſt qu'il eſt charmant. Au reſte, il y aura plus de mérite à le captiver. Que je ſuis enchantée de ce que vous me dites du Prince Roſey ! Que vous me faites plaiſir ! Que je vous ai d'obligation!.... J'exige encore une chose de vous, mon cher Sourdin.

SOURDIN.

Que vous plait-il, Madame?

ZARAINE.

Que vous fassiez accélérer les préparatifs de mes nôces, & que vous alliez vous-même au-devant du Prince Rosey. Faites qu'il arrive bien-tôt: je l'épouserai aussitôt qu'il sera ici.

SOURDIN, *prenant un visage riant.*

Je me conformerai à vos ordres, Madame, & vous jugerez par la diligence que je vais apporter à les exécuter, combien ils me sont agréables. Souffrez maintenant que je sois le premier à vous complimenter. Vous ne pouviez effectivement faire un choix meilleur, ni qui fût plus utile à vos Sujets.

Les autres personnes du Conseil, qui avoient écouté Sourdin & Zaraïne avec une très-grande attention, déciderent que Sourdin & Zaraïne avoient raison.

APOLOGUE II.

La Glace & le Soleil.

UNE fille de l'Hiver, la Glace, ſe confiant ſur ſes forces, diſoit au Soleil : « Pere de la Lumiere, » lance ſur moi tes rayons ; tu » peux me rendre auſſi tranſparente que le criſtal, & auſſi » étincelante que le diamant ».

Auſſi-tôt la voûte rembrunie des cieux s'éclaircit, & ſemble s'élever ; la terre dépouille ſa longue robe hériſſée de frimats, & le Soleil, du haut des airs, jette ſur la Glace ſes regards enflâmés.

Tout à coup devenue plus blanche que la voie lactée, vous l'euſſiez vûe cette orgueilleuſe, nouvelle rivale du Soleil, étinceler de mille feux, & réfléchir au loin des torrens de lumiere.

Alors elle se livroit toute entiere aux transports de la joie, & on eût dit qu'elle s'élevoit au-dessus d'elle-même pour admirer son éclat; mais son éclat, ainsi que sa joie, disparurent aussi rapidement que l'éclair qui brille & meurt dans le sein d'une nuit profonde.

Les rayons dont elle étoit le foyer, la faisoient fondre insensiblement; déja ses forces diminuent, & devenant trop foible pour l'étendue dont elle est, son propre poids l'accable; elle gémit, se brise, se disperse, & nage confondue avec les flots.

Tel fut l'Apologue que te fit le sage Haroun, imprudent Acmet (*a*): riche & glorieux, tu

(*a*) Acmet avoit les qualités qui font un homme aimable, un homme d'honneur & un

jouiſſois paiſiblement de la faveur du plus puiſſant des Monarques ; mais tu voulois mettre le pied près du Trône de la Royauté.

Tu fermas ton oreille aux avis que te donnoit la Sageſſe par la bouche d'Haroun, & tu ſavourois le miel empoiſonné de la flatterie ; la folle ambition éveilla ton cœur, & plongea ta raiſon dans un ſommeil léthargique.

Auſſi-tôt que tu fus Grand-Viſir, la Jalouſie alluma ſes flambeaux pour éclairer ton incapacité ; elle parut dans tout ſon jour : les rênes du Gouvernement s'embarraſſerent entre tes mains ; tu appellas à ton ſecours: la Trahiſon & le Faux Zele accoururent ; la calomnie les ſuivit.

Le peuple foulé murmura ; le Janiſſaire ſe révolta ; le Sultan

homme d'eſprit : mais il en faut tant d'autres pour faire un homme d'Etat !

craignit pour ſes jours. Le déſeſpoir s'empara de ton ame, & tu reçus comme un bienfait, le fatal cordon qui t'étrangla.

APOLOGUE V.

Salaeddin & Fatmé.

O MALHEUREUX Salaeddin! ſans amis, ſans eſpérance, que te reſte-t-il maintenant de tous les grands biens que tu poſſedois? Un peu de riz & de poiſon! Eh bien! faiſons les bouillir enſemble, & que ce ſoit le dernier de mes repas.

Salaeddin délaye le riz & le poiſon dans un pot qu'il met devant le feu, puis il continue ainſi:

Je vais donc renoncer à la vie! à une choſe plus chere encore, à l'amour de Fatmé! de Fatmé qui m'aime, qui alloit s'unir à moi, par les nœuds les plus ſaints! O Mahomet! je vais donc y renoncer!

Oui, ſans doute ; iras-tu, prodigue Salaeddin, après avoir vû s'écouler dans tes mains toutes les richeſſes de tes peres, après avoir abuſé des bontés de Fatmé, iras-tu lui ravir le peu qui lui reſte ? Voudrois-tu l'entraîner avec toi dans l'abîme profond des malheurs ?

Que plutôt périſſent juſqu'aux cendres de tes os !.... Etois-tu fait pour t'unir à la vertu la plus pure ?.... Hélas ! je l'ai cent fois penſé ; cent fois je l'ai dit à mon cœur embraſé : jette de l'eau ſur le feu qui te conſume : mais toujours mes paroles ſe ſont évaporées dans les airs.

C'en eſt fait ! je vais mourir ! Honneur, ta voix ſe fait entendre ; ton ordre ſera ſuivi..... Je devois changer de conduite : ma bouche l'avoit juré à Fatmé. J'ai trahi mes ſermens ! après un ſi grand crime, j'oſerai plutôt enviſager la Mort que Fatmé.

De quels biens cependant moi-même je vais me priver ! chaque jour je voyois, j'entretenois, j'écoutois Fatmé ; qu'elle étoit chere à mon cœur ! quel bonheur, ô Ciel ! je goûtois près d'elle ! quel plaiſir j'éprouvois en entendant ſeulement le bruit de ſes pas !

Ce plaiſir qui plongeoit mes ſens dans l'ivreſſe, laiſſoit échapper mon cœur ſur les prunelles de mes yeux, & faiſoit courir toute mon ame à la porte de mon oreille.

O Fatmé ! tu m'aimois auſſi ! La couleur des roſes printannieres étoit moins vive que celle de tes joues, quand ton amant venoit te ſaluer d'un doux baiſer, & quand, de ſes bras amoureux, il te preſſoit contre ſon ſein.

Ah ! qu'elles ſeront les plaies de ton cœur, trop ſenſible, trop infortunée Fatmé, lorſque le bruit de ma mort viendra retentir à ton oreille ! déja je te vois, le visage pâle & l'œil en feu, de tes mains délicates arracher tes cheveux, déchirer tes vêtemens, & frapper ton sein qui palpite !

Mais quand je voudrois t'épargner le chagrin de ma mort, il ne seroit que differé. Que dis-je ? malheureux ! tu me retiendrois un moment sur les bords de l'abîme : liée à mon sort, bientôt mon fatal ascendant t'entraîneroit, te précipiteroit avec moi, & j'emporterois au tombeau le regret affreux d'avoir causé tes malheurs & ta mort.

Salaeddin s'apprête à manger le mets empoisonné. Pour n'être point troublé dans son dernier moment, il va fermer la porte ; en la poussant, il voit Fatmé. Il recule en frémissant, & Fatmé prend la parole, & dit :

Avec quelle joie je te revois,

ô mon cher Salaeddin! mais je ſuis accablée de fatigue, & j'ai beſoin de nourriture: procure-moi quelque aliment.

SALAEDDIN.

Fatmé, je n'en ai point.

FATMÉ.

Cependant tu viens d'apprêter ce riz;... le deſtines-tu à quelqu'un qui te ſoit plus cher que Fatmé?

SALAEDDIN.

O Ciel! quelqu'un me ſeroit plus cher que toi! Ah! Fatmé! tu ne le crois pas?

FATMÉ.

Mais, pourquoi ne me l'as-tu pas offert?....

SALAEDDIN *interdit*

Pourquoi?...Doutes-tu du cœur de Salaeddin?

FATMÉ.

Non, cher Amant; mais il m'avoit ſemblé d'abord que tu me refuſois. Pardonne.

Fatmé prend, des mains de Salaeddin, le plat de riz, ſans qu'il ait la force de s'y oppoſer; & Fatmé qui a les yeux ſur lui, s'écrie :

Que vois-je ? O Ciel ! dans quel trouble tu me jettes ! Tu changes de couleur ! Tu portes ſur moi des regards effrayans! Tes mains tremblent ! Tes cheveux ſe dreſſent ſur ton front ! T'eſt-il ſurvenu quelque nouveau malheur ? Parle, hâte-toi.

Salaeddin ſe précipite aux pieds de Fatmé, & lui retient la main, dans le moment que Fatmé porte le riz à ſes levres.

Arrête, Fatmé : que fais-tu ? Garde-toi d'y toucher.

FATMÉ.

Pourquoi ?

SALAEDDIN.

Ce riz...

FATMÉ.

Eh bien ?

SALAEDDIN.

Il eſt empoiſonné.

FATMÉ.

Ciel ! Et c'eſt toi qui l'as apprêté ! quel uſage en voulois-tu faire ? Je frémis ! cruel ! tu voulois attenter à tes jours ; je le vois.

SALAEDDIN.

Il eſt vrai.

FATMÉ.

Malheureux ! qui pouvoit t'y forcer ?

SALAEDDIN.

L'honneur.... la miſere affreuſe dans laquelle je ſuis réduit par ma faute : la honte d'avoir dérangé ta fortune; la crainte de te rendre auſſi malheureuſe que moi.

FATMÉ.

Eſt-il un plus grand malheur pour moi, que de te perdre ? Mais ton ſort eſt changé : je n'ai plus rien à craindre; j'ai vu le Kadileski ; j'ai prouvé les vols qui t'ont été faits : tu vas rentrer dans tous tes biens ; & rien ne s'oppoſe plus à notre bonheur.

O mon cher Salaeddin ! une autre fois, ne déſeſpere plus de la Providence ; ſi quelquefois elle permet que nos malheurs ſoient portés à leur comble, c'eſt, ſans doute, pour nous faire mériter notre bonheur.

APOLOGUE VIII.

Le Philosophe & le Débauché.

L'ALIMENT le plus sain pour les uns, est souvent un poison pour les autres.

L'arrivée du Printemps & le retour de l'Hiver plient, tour-à-tour, les feuilles du Livre de la vie. Profitons du peu d'instans qui nous reste. Ainsi parloit un Philosophe à ses Disciples, & il les excitoit à la sagesse. Un Débauché en disoit autant à ses amis, & il les excitoit au plaisir.

APOLOGUE IX.

Les deux Sultans.

UN Sultan venoit de faire prisonnier (*a*) son frere qui lui avoit disputé l'Empire ; il le fit enfermer dans une cage de fer, aux pieds de son Trône ; & il insultoit à son malheur.

Le même jour, il fut à la chasse : la chaleur l'obligeant de chercher l'ombre, il se couche sur l'herbe, met un mouchoir rouge sur son visage & s'endort.

Un oiseau de proie, en traversant les airs, est trompé par la couleur du mouchoir : d'un vol rapide, il fond dessus ; &, avec son bec & ses ongles, il déchire

(*a*) Fait historique.

le visage du Sultan, & lui creve les yeux.

Ce Prince, réveillé en sursaut, pousse des cris horribles ; l'oiseau effrayé s'envole : on accourt de toutes parts, on méconnoît le Sultan, tous ses traits étoient défigurés ; deux ruisseaux de sang couloient de ses yeux : en cet état, il eût dû exciter la compassion de ses Sujets ; mais son indignité envers son frere, & l'orgueil que lui avoit inspiré sa prospérité, avoient formé dans leurs cœurs le levain de la haine : ils le conduisent à la cage de fer, & en font sortir son frere.

Celui-ci, l'arrosant de ses pleurs, lui rendit la liberté ; puis réfléchissant sur les vicissitudes du sort, il s'écria :

Nourriçons de la fortune, nous suçons, durant quelques momens, le lait de la prospérité, qui coule de ses mammelles empoisonnées ; mais ne nous glorifions jamais de notre bonheur, tandis que nous ſommes encore dans le berceau ſuſpendu & branlant de la vie.

APOLOGUE XIV.

L'Aveugle & le Paralytique.

MON fils, disoit à un nouveau Sultan la Bapha (*a*), au lieu de faire repousser avec dureté par vos Janissaires, le Peuple qui vient en foule sur votre passage, au lieu de faire chasser de la porte de la Mosquée les malheureux qui vous tendent (*b*) la main, vous devriez

(*a*) La Bapha est la mère d'un Sultan.

(*b*) Ce même Sultan depuis assigna des fonds pour tous les Pauvres de son Empire. Chaque Ville, chaque Bourg & chaque Village, où ils avoient pris naissance, étoient chargés d'eux : n'est-ce pas, disoit ce Sultan, une Coutûme bien barbare de voir des Misérables, au milieu des plus florissantes Villes du Monde, être obligés d'exciter par leurs cris douloureux, la commisération des Passans? Quel Tableau pour une ame sensible! Ou les cœurs sont entierement fermés à la vous ressouvenir que vous êtes monté sur le Trône pour les secourir, & non pour les mortifier; pour commander à vos Peuples, & non pour les mépriser. Mon fils, je ne vous dis pas d'oublier que vous êtes Souverain, mais souvenez-vous que vous êtes homme: profitons du moment où nous pouvons faire du bien à nos semblables; leur tour viendra peut-être. Le dernier d'entr'eux peut nous être de la plus grande utilité.* Sçavez-vous que vous devez la Couronne à un aveugle?

Un de vos ayeux étoit devenu Paralytique dans un Château voisin de sa Capitale; un de ses Su-

pitié, ou ceux à qui un malheureux demande, souffrent pour le moment autant que lui.

Dans les Pays où les femmes ont la liberté de sortir, ne peuvent-elles pas être frappées, (quand elles sont enceintes,) par la vûe des Pauvres estropiés & contrefaits, qui font parade de leurs infirmités, pour avoir plus de droit à la pitié publique?

*

jets qui s'étoit révolté contre lui, venoit pour l'y aſſiéger. Sur le bruit qui s'en répandoit, la conſternation étoit dans le Château; on ne ſongeoit qu'à ſe ſouſtraire à la fureur du rebelle; les Serviteurs même les plus attachés au Sultan, prenoient la fuite. Votre ayeul ſe trouva ſeul; les ennemis s'avançoient à grands pas: il n'attendoit plus que la mort, ou, ce qui eſt pire encore, l'eſclavage. En ce moment vint un aveugle, qui lui dit: Seigneur, nous allons périr l'un & l'autre, ſi nous ne nous ſecourons mutuellement. Je vais vous mettre ſur mes épaules, & vous guiderez mes pas vers le ſouterrein qui conduit à la Capitale; vous verrez pour moi, je marcherai pour vous. A ces mots, l'aveugle porte le Sultan paralytique, & celui-ci indique à l'aveugle les endroits par leſquels il faut paſſer; ils arriverent ainſi au ſouterrein, & du souterrein à la Capitale, où les affaires du Sultan prirent un tour si favorable, qu'il dissipa les rebelles & fit périr leur Chef.

APOLOGUES ORIENTAUX.

LIVRE TROISIEME.

APOLOGUE PREMIER.

LA VOLUPTÉ ET L'ARBRE *qui porte du poison.*

JEUNES Princes qui noyez vos cœurs dans les délices, secouez le poids honteux de l'oisiveté : ouvrez les yeux ; voyez-vous la Gloire aux aîles brillantes s'envoler loin de vous, avec indignation ? Voyez-vous l'Honneur & la Vertu qui la ſuivent ?

Les fantômes careſſans que vous preſſiez dans vos bras.... déjà ils s'évanouiſſent. Le Repentir aux traits aigus eſt à leur place, & le breuvage dont vous enivra la Volupté, a énervé vos corps, vos ames & vos États.

O le plus ſage & le plus vertueux des hommes ! ô immortel Locman (*a*) ! fais paſſer ton feu dans mon cœur, & ton éloquence ſur mes levres. Donne-moi le ton perſuaſif que tu avois, lorſque, ton Souverain, par le Conſeil de ſes Favoris, puniſſant un Sujet pour une cauſe légere, tu lui fis cet Apologue.

Dans les Jardins délicieux du riche Haracmy, la Volupté couchée ſur un lit de roſes & de jaſ-

(*a*) Le Locman des Mahométans eſt, ſelon toute apparence, l'Eſope des Grecs.

min, étoit, ſans le ſçavoir, non loin d'un arbre qui portoit du poiſon. En s'en appercevant, elle friſſonna d'horreur; & dès quelle eut la force de parler, elle témoigna la plus vive inquiétude à ſon Maître Haraçmy.

Hélas! pourſuivit elle, je voudrois, pour le bonheur de l'Humanité, qu'on pût faire diſparoître de deſſus la ſurface de la Terre, les fruits pernicieux qui ont l'affreux pouvoir de hâter le coup de la mort. A ces mots, Haracmy fit un ſigne à ſes Serviteurs. Ils alloient couper l'arbre par le pied, lorſque l'arbre adreſſa ces paroles à la Volupté :

Votre diſcours ne m'étonne point. Vous affectez un amour pour l'eſpece humaine dont je démêle la véritable cauſe : le zele inſpire la confiance; & la confiance augmente le crédit. Je conviens que mes poiſons ſont pernicieux aux hommes; mais le mal qui en résulte est-il comparable à celui que produisent l'oisiveté, la mollesse & l'incontinence?

O Haracmy! si tu veux faire un acte de justice qui te soit profitable, commence par te défaire de l'ennemie la plus cruelle que tu puisses avoir. Un million d'hommes meurt par jour; à peine le poison en tue-t-il trois mille, & il fait horreur: les trois quarts périssent par la Volupté, & personne ne la redoute.

. . . .

APOLOGUE

APOLOGUE II.

Les Géans & les Nains.

VERS l'une des extrémités de l'Asie, est une Isle appellée *Thaya.* Elle est peuplée par des Géans & par des Nains. Les premiers ont la valeur, la franchise & la bonté en partage. Ils habitoient autrefois la haute région de l'Isle ; contrée riche & abondante en toutes choses. Leur Souverain avoit relégué les autres dans la basse région ; pays marécageux & stérile.

Le Roi fit un voyage chez ces derniers ; c'étoit alors, & c'est encore un Peuple lâche, adroit, fourbe & méchant. Il y avoit une jeune Naine d'une beauté exquise. Il conçut pour elle un amour violent, l'amena à ſa Cour, lui fit prendre le pas ſur toutes ſes autres femmes; & au bout de neuf mois en eut un Prince. Les Courtiſans voulurent imiter leur Maître; & bien-tôt ils eurent tous des Naines & des enfans.

Le Roi Géant étant mort, ſon Fils monta ſur le Trône; & il eut la gloire d'être le premier des Rois Nains. Auſſi-tôt tous les hommes dont la taille coloſſale lui faiſoit trop ſentir ſa petiteſſe, furent éconduits ſous différens prétextes. Il n'appella, auprès de ſa perſonne, que ceux qui étoient ou affectoient de paroître plus petits que lui. Alors jettant un coup d'œil de ſupériorité ſur tout ce qui l'environnoit, il ſe trouvoit un grand homme.

Tandis que le Roi Nain réformoit ainſi ſa Cour, ſes Favoris, dont le pouvoir étoit ſans bornes, chaſſerent tous les habitans de la haute Région, & les accablerent ſous le poids des perſécutions & des opprobres. Le plus grand crime, à leurs yeux, étoit d'être plus grand qu'eux : peut-être même étoit-ce le ſeule crime; tous les autres étoient impunis. Et, ſi les brigandages & les trahiſons n'étoient pas autoriſés par les Loix, ils étoient conſacrés par de fameux exemples. Un Regne auſſi tumultueux fut de courte durée. Le Souverain mourut ſans poſtérité, & la Couronne échut à un Géant.

Le nouveau Roi, à la tête des ſiens, voulut rentrer dans ſes droits. Les Nains devenus très-puiſſans s'y oppoſoient; déjà le feu des Guerres civiles alloit embraſer l'Iſle Thaya. Les plus ſages des Géants & les plus politiques des Nains tinrent conſeil; & ce qui ſuit paſſa à la pluralité des voix.

» Le Trône ſera toujours oc-

» cupé par le Prince légitime.
» Quand un Géant ſera couronné,
» tous les Nains iront habiter la
» baſſe région de l'Iſle; & quand
» un Nain ſera Roi, les Géants
» iront les remplacer.

APOLOGUE IV.

Le faux Sage.

DANS le Printemps de mes jours, ô mes yeux, vous avez vu des hommes audacieux, nouveaux colosses, s'élever vers le Ciel, & embrasser les deux pôles de leur vaste renommée.

Où sont-ils maintenant, ces hommes audacieux? Où sont les vestiges de leur vaste renommée? Eux & leur gloire ils ont disparu comme une ombre légere.

Ben-Jezir fut autrefois l'Idole de la Cour des Kalifes; alors toute langue étoit muette en sa présence; tout œil se baissoit devant son faste philosophique.

Avec quel mépris il parloit des hommes! avec quelle adresse il cherchoit à leur plaire! Un jour il proféroit ces mots :

La plus petite chose, ô Mortels, c'est le Monde (*a*); il pese moins dans la balance de Dieu que l'aîle d'un moucheron.

Un Sage, confondu dans la foule des Auditeurs, éleva la voix, & dit : il est une chose encore plus petite que le Monde. Quelle est-elle, s'écria Ben-Jezir? Celui qui s'en occupe, répondit le Sage.

(*a*) Ce Sophiste orgueilleux fut un des plus habiles Charlatans de son siècle : il se fit une très-grande réputation, par ses talents moins que par ses cabales. Les Docteurs Musulmans le nomment le *Fléau de Dieu*, parce qu'il sappa les fondemens du Musulmanisme; tantôt en le combattant, tantôt en en faisant l'éloge.

APOLOGUE VII.

L'Homme qui veut faire Fortune.

J'ÉTOIS ſur le port de Conſtantinople avec Turmugin; il me faiſoit ſes adieux, ainſi qu'à ſa femme, à ſes enfans & à tous ſes amis. Il avoit mis ſur un vaiſſeau, la plus conſidérable partie de ſes biens, pour aller les multiplier aux extrémités de la Terre. Alors il regardoit la vie comme peu de choſe. O Fortune ! tu étois l'Idole de ſon ame, le premier objet de ſes deſirs.

Deux années s'étant écoulées, & me trouvant encore ſur le Port, je reconnus de loin ſon vaiſſeau. Il revenoit, mais battu de la tempête, & faiſant eau de toutes parts. Alors, ce même homme que j'avois vu si âpre aux richesses, je le voyois occupé à jetter toutes les siennes dans la mer, pour alléger son vaisseau, & pour sauver sa vie. Il appelloit à grands cris la miséricorde du Ciel. Mon cœur fut ému de compassion : je reconnus la foiblesse humaine ; & je fis cette reflexion en moi-même.

Quel est l'Animal à qui il ne prend des accès de raison, que lorsque sa vie est dans un péril manifeste ? Quel est celui qui n'est sage, que lorsqu'il suit, comme malgré lui, les premieres impulsions de son instinct ? C'est l'homme. Tout ce qu'il estimoit auparavant, tout ce qu'il ambitionnoit avec tant d'ardeur, il le méprise alors ; il ne connoît de biens véritables qu'une conscience pure & une vie reglée. ou plutôt, pour la plupart, que le plaisir de vivre.

APOLOGUE IX.

LE DOCTEUR ET LE CADI.

UN DOCTEUR.

VOUS allez donc, ſur la foi de deux Témoins, condamner un homme à perdre la vie ?

UN CADI.

Oui, dans l'inſtant.

LE DOCTEUR.

Les Témoins ſont-ils de la même Religion que l'Accuſé ?

LE CADI.

Oui ; mais d'un parti différent.

LE DOCTEUR.

N'avez-vous diſcerné nulle ſemence de haine, nulles traces de fanatiſme dans l'un & dans l'autre parti?

LE CADI.

Je n'en ai vu que trop.

LE DOCTEUR.

Et vous allez prononcer tranquillement cette Sentence de mort?

LE CADI.

Eh! mais que faire? Que me conſeillez-vous?

LE DOCTEUR.

Je vous conſeille d'écouter l'exemple que je vais vous rapporter.

Un jour, l'Iman de Herat interrompit ſes fonctions ſacrées, pour adreſſer ces paroles au Peuple:

Faut-il s'étonner, ô mes Frères! ſi la Religion Muſulmane ne pouſſe dans cette Ville que des Rameaux ſans ſeve & ſans fruit? Le Pirée des Idolâtres efface, en éclat & en magnificence, la Moſquée des Fideles. Quel ſera le bras généreux qui renverſera ces Tours audacieuſes; ces Tours qui oſent inſulter au Temple du vrai Dieu, & braver la Loi de ſon Prophete?

Dès que l'Iman eut parlé, le Pirée fut réduit en cendres. Les Mages firent monter leurs plaintes jusqu'au Trône du Kalife. Les plus notables Habitans comparurent; ils étoient au nombre de ſix mille, tous Mahométans: ils firent (*a*) ſerment que jamais,

(*a*) Ce fait eſt incroyable; cependant il eſt atteſté par tous les Hiſtoriens les plus dignes de foi.

dans Hérat, il n'avoit exiſté de Pirée. Le Kalife les crut, & punit les Mages comme Calomniateurs. Bien-tôt il ſçut qu'ils étoient innocens; mais ils étoient morts.

Je vous entends, répondit le Cadi; & je mettrai à profit la faute du Kalife.

APOLOGUE X.

Le Kam & le Palſrenier.

LE Prophete chéri du Dieu des Fideles, étendoit ſon bras protecteur ſur les deſcendans de Thaïkam; mais un d'entr'eux commit une ſi grande faute, que, dans ſa colere, il permit à Kouïma de s'élever contre lui, & de lui ôter la vie.

Auſſi-tôt Mahomet monta ſur ſon chameau, & vint l'attendre ſur le Pont qui communique de ce Monde-ci à l'autre. En le voyant, il lui fit de ſanglans reproches. Le Kam infortuné, ſe proſternant dans la pouſſiere & joignant les mains au-deſſus de ſa tête, rejetta la faute ſur ſon Favori : Mahomet s'adreſſa au Favori; le Favori accuſa ſa Maitreſſe : celle-ci accuſa la principale de ſes Suivantes qui, à ſon tour, accuſa un Palfrenier: ce dernier tout étonné d'avoir lui ſeul été l'Auteur d'une ſi grande révolution, ſe proſterna, & ne dit mot.

Ainſi donc, reprit Mahomet, c'étoit un Palfrenier qui, l'étrille à la main, gouvernoit tes hordes invincibles? Je ſuis embarraſſé ſur le traitement qu'il mérite. Faut-il le punir comme Prince, ou comme Palfrenier? Mais j'imagine un moyen : retournez l'un & l'autre ſur la Terre. Toi, Thaïkam, deſcends à ſa place, & qu'il monte à la tienne. Alors, à la premiere faute que l'un & l'autre commettra, attendez-vous à être ſévérement punis.

APOLOGUE XII.

Abuzeï & Thaïr.

DANS cet hiver célebre par les grandes révolutions qui arriverent à la Cour de Nouraddin, Abuzeï disoit à Thaïr : félicitez-moi, mon Pere, je suis le Favori du Sultan, l'Amant de sa Sœur; & demain, Sa Hautesse & moi, nous allons seuls ensemble à la chasse.

O mon Fils! répondit Thaïr; il y a trois choses sur lesquelles il faut peu compter : la faveur des Rois; les caresses des femmes; & les beaux jours de l'hiver.

Le vieux Thaïr avoit raison.

Le lendemain, la pluie fit manquer la partie de chasse; un caprice fit changer la Princesse; & la Princesse fit changer le Sultan.

APOLOGUE XIII.

Les Prieres.

UN Turc disoit, voyant la tempête finie; miracle! mes Amis, la rosée du Ciel est descendue sur mon Turban; notre vaisseau périssoit; j'ai imploré le secours de Mahomet: je l'appellois, il a paru: le Ciel s'est incliné; la foudre a grondé: la terre a tremblé; la mer s'est calmée; le vent s'est tû.

Vous vous trompez, lui dit un Chinois, il n'est pas ici question de votre Mahomet; aussi-tôt que j'ai vu la tempête, j'ai prié ma Pagode de la faire finir: mes prieres ont été sans effet. Alors je me suis mis en colere, & j'ai tant fouetté ma Pagode, qu'elle a rendu le calme à la Mer.

Tu te trompes toi-même, reprit un Outaouais; ce n'est point lui; ce n'est point toi : c'est mon Chien qui nous a tirés de danger. En le jettant à la mer, j'ai dit à la Tempête : tiens, appaise-toi; voici mon Chien que je te donne.

O Mortels insensés! que d'orgueil dans vos Prieres! que de foiblesse dans votre orgueil!

APOLOGUE XVI.

La Crainte.

Les deux fois que le Sultan Achmet voulu faire périr son frere Mustapha, une colique violente le saisit. Il crut que le bras du Très-Haut le frappoit, & il révoqua son ordre (*a*).

Ainsi la crainte lui inspira le

(*a*) C'est à ce sujet que Fatéima, Favorite d'Achmet, a dit ce mot qui est passé en Proverbe chez les Turcs : Mustapha ne doit plus le jour au ventre de sa Mere ; mais à celui de son Frere.

A l'avenement d'Achmet au Trône, cette même Fatéima avoit été reléguée dans le Vieux Sérail. La jeune Favorite de ce Prince, pour se réjouir, fit la partie d'y aller avec lui : comme ils entroient, le Sultan dit en riant ; j'amene une Odalique de rebut. Il vit Fatéima : il conçut pour elle un amour si prompt, si violent, qu'il la fit, sur le champ, sortir du Vieux Sérail, & qu'il y laissa sa Favorite.

crime & le repentir. O mortels! elle eſt la ſource de vos forfaits; je le ſçais, & je vous plains: mais faut-il qu'elle ſoit ſi ſouvent le principe de vos actions juſtes!

APOLOGUE XVII.

Le Chien de basse-cour & le petit Chien.

BENANNA (a) étoit chef d'une secte de Derviches, & se glori-

(a) Benanna de plus étoit Poëte : on rapporte cet Impromptu de lui. Il le fit contre les personnes qui passent toute leur vie à s'humilier devant les Visirs

Dans l'espérance d'acquérir quelque bien en
ce Monde,
Vous adorez des Singes ;
Mais ces Singes tirent, avec leurs mains,
Tout ce que vous avez sous les vôtres.
Vous ne faites donc autre chose
Que d'user vos doigts inutilement à gratter ;
Et vous ne remportez d'autre fruit de votre
travail,
Que la honte de les avoir adorés.

fioit d'avoir le don des miracles. Un jour qu'il étoit en présence d'un Favori du Kalife & d'un grave Officier, le Favori lui dit : Benanna, s'il est vrai que vous ayez le pouvoir de faire des miracles, faites converser ensemble les deux chiens qui sont ici. J'y consens, répondit le Derviche ; aussi-tôt il prononça quelques paroles mystérieuses, & le charme opéra.

Apprends-moi quel est ton secret pour te faire si bien venir de notre Maitresse, disoit Katour à Zirzou ; depuis le jour que nous sommes entrés à son service, je te jure que j'ai du mal comme un chien. Toute la nuit je reste au bivac, je ne suis pas un seul petit instant sans avoir l'œil & l'oreille au guet, sans faire la ronde. Tout le jour chargé de chaînes, je fais sentinelle ; je remplis mes devoirs avec une exactitude sans exemple :

& cependant Roxélane passe souvent à côté de ma guérite, & n'a pas encore jetté un seul regard sur moi. C'est toi seul que l'on regarde & que l'on aime ; quels grands services rends-tu donc ?

Les voici, répond Zirzou : la nuit je couche avec ma Maitresse, & je dors avec elle jusqu'à midi. Suis-je levé, je l'agace, je boude ; je donne la patte, je la refuse ; on me caresse, je gronde ; je jette le bonbon que l'on me donne, & je casse une gimbelette qui, par hazard, se trouve près de moi. Tout cela fait rire, & voilà mon secret. Mon pauvre ami, tu es fait pour ton sort, & moi pour le mien. Tu n'es qu'utile ; je suis amusant. Tu sers, & je plais.

Quand le petit chien eut cessé de parler, le Favori se tournant du côté du grave Officier, lui dit en ſouriant : que penſez-vous de ce que nous venons d'entendre ? Je penſe, répondit en ſoupirant le triſte perſonnage, que ce petit chien a bien de la raiſon.

Fin du troiſieme Livre.

www.ingramcontent.com/pod-product-compliance
Ingram Content Group UK Ltd.
Pitfield, Milton Keynes, MK11 3LW, UK
UKHW021640260726
13994UKWH00003B/1229